Für Frank, ohne den nichts wäre, wie es ist. E.T.
Für Clément und Arthur und die blauen Steine,
die sie im Leben einsammeln werden. A-G. B

minedition
verlegt in der Michael Neugebauer Edition, Bargteheide

Text Copyright © 2011 Anne-Gaëlle Balpe
Illustrationen Copyright © 2011 Eve Tharlet
Original Titel: Bonhomme et le caillou bleu
Deutsche Textbearbeitung von Bruno Hächler
Alle Rechte, auch die der auszugsweisen Vervielfältigung,
gleich durch welche Medien, vorbehalten.
Rechte bei „minedition rights and licensing ag" Zürich
Gesetzt wurde in der Ikone
Koproduktion mit Michael Neugebauer Publishing Ltd. Hongkong
2. Auflage 2012
ISBN 978-3-86566-131-9

Bibliografische Information der Deutschen Bibliothek
Die Deutsche Bibliothek verzeichnet diese Publikation in der
Deutschen Nationalbibliografie; detaillierte bibliografische Daten sind
im Internet über http://dnb.ddb.de abrufbar.

Mehr Information über unsere Bücher finden Sie unter: www.minedition.com

Der blaue Stein

Anne-Gaëlle Balpe

mit Bildern von Eve Tharlet

Übersetzung von Bruno Hächler

minedition

Oli hielt einen blauen Kieselstein in den Armen. Er hatte ihn am Fuß einer Margerite gefunden und beschlossen, ihn zu behalten.

Der Stein hatte keine besondere Form. Er war weder schwer noch rau. Aber er war blau, so blau, wie es Oli nie zuvor gesehen hatte.

Den Kieselstein fest an sich gedrückt, machte sich Oli auf den Weg.

Im Wald traf er ein Wildschwein.

„Was hast du da in der Hand?", fragte das riesige Tier.

„Einen blauen Kieselstein", antwortete Oli und zeigte dem Wildschwein seinen Stein.

„Wozu soll der nützlich sein?"

„Ich weiß es noch nicht", sagte Oli, „aber ich bin sicher, dass ich ihn irgendwann einmal brauchen kann."

„Mit so einem kleinen Kieselstein kann man überhaupt nichts anfangen", lachte das Wildschwein. „Du verschwendest nur deine Zeit, wenn du ihn mitschleppst. An deiner Stelle würde ich ihn wegschmeißen und stattdessen Wurzeln und Eicheln für den Winter suchen."

Oli sagte nichts.
Den Kieselstein fest umschlungen,
ging er weiter.

In der Nähe einer Eiche sah Oli einen Wolf.
„Was trägst du da mit dir?", fragte der Wolf.
„Einen blauen Kieselstein", antwortete Oli und zeigte
ihm den Stein.
„Wozu soll der nützlich sein?"
„Ich weiß es noch nicht", sagte Oli, „aber ich bin sicher,
dass ich ihn irgendwann einmal brauchen kann."

„Mit so einem stumpfen Kieselstein kann man überhaupt nichts anfangen", sagte der Wolf und fletschte die Zähne. „Du verschwendest nur deine Zeit, wenn du ihn mitschleppst. An deiner Stelle würde ich ihn wegschmeißen und einen scharfen Stein suchen, damit du dir einen Stock abschneiden und dich im Wald wehren kannst."

Oli sagte nichts.
Den Kieselstein fest unter dem Arm, ging er weiter.

Auf einer Lichtung entdeckte Oli drei Zwerge,
die mit Murmeln spielten.
„Was versteckst du da hinter deinem Rücken?",
riefen die Zwerge einstimmig.
„Einen blauen Kieselstein", antwortete Oli
und zeigte ihnen den Stein.
„Wozu soll der nützlich sein?"
„Ich weiß es noch nicht", sagte Oli,
„aber ich bin sicher, dass ich
ihn irgendwann einmal
brauchen kann."

Die Zwerge fingen an zu kichern:
„Mit so einem flachen Kieselstein kann man überhaupt
nichts anfangen. Du verschwendest nur deine Zeit,
wenn du ihn mitschleppst. Schmeiß ihn weg und such
dir ein paar schöne runde Kieselsteine, dann kannst du
mit uns spielen."

Oli sagte nichts.
Den Kieselstein fest in den Armen, ging er weiter.

Kurz darauf sah Oli ein Mädchen, das auf einem
großen Stein saß und weinte.
„Warum weinst du?", fragte Oli.
Ohne ein Wort zu sagen, zeigte das Mädchen auf
seine Stoffpuppe.
Die Puppe hatte nur noch ein Auge. Da, wo das zweite
Auge gewesen war, klaffte ein Loch.
„Ich weine, weil mir jeder sagt, dass ich die Puppe
wegschmeißen soll", schluchzte das Mädchen jetzt.

Oli zog seinen Kieselstein hinter dem Rücken hervor.
Der Kieselstein hatte genau die gleiche Größe und Farbe wie
das Auge der Puppe.
„Hier", sagte Oli und gab dem Mädchen den blauen Stein.
Er passte perfekt.
Endlich hatte die Puppe wieder beide Augen.

„Ich war sicher, dass ich den Stein irgendwann einmal brauchen könnte", lachte Oli glücklich.
Er hob einen Faden auf, den die Puppe verloren hatte, steckte ihn in seine Tasche und machte sich auf den Weg.